KB267788

별도 뜨고 꽃잎도 뜨고

미래시선 96

별도 뜨고 꽃잎도 뜨고

안혜성

미래문화사

안혜성 시인!

그가 시집을 상재한다. 나는 그의 시집 상재를 무척 기쁘게 생각하여 책 머리말을 자원해 쓰는 것이다.

안혜성 시인, 그는 몇 년 전에 시문집을 출간한 일이 있었다. 그러나 이번 시집 상재는 그때보다 다른 점이 있다. 그때는 안혜성이 한국 시인 대열에 서지 못하고 있을 때였지만 지금은 등단 과정을 거쳐 한국 시인 대열의 한 시인으로 눈부신 활동을 시작한 다음에 있는 일이기 때문에 그 기쁨이 더 크며 빛나고 있다.

안혜성 시인은 나와는 사제의 관계가 된다. 그래 나는 문학적으로 그의 성장 과정을 대충 기억하고 있다. 고등학교 시절이나 대학 시절에 학생으로서는 문학활동을 크게 빛내 누구도 부러워할 위치에 발을 붙이고 서 있었던 사람이다.

하나 그 후 철새가 호수를 떠나듯 안혜성은 문학의 길을 몇 계절 동안 떠나 있었다. 타향에서 고향을 다시 찾듯 그의 아름답던 모습에 세월의 발자국이 한두 오리 그려질 무렵 그는 소스라치게 놀라며 잊고 있던 시도(詩道)로 다시 돌아왔다.

그는 붓을 갈고 구름을 밀어 시정신을 사랑으로 다듬기 시작하였다. 그 사이 추천을 받고 이젠 하나의 등불을 밝혀든 시인으로 창작의 세계를 열어 가고 있다.

시의 본질이 무엇인가. 하늘의 뜻이다(天意).

시심(詩心)은 천심(天心)이기 때문이다.

시에 이 천심을 담을 수 있으면 그 시는 시 중의 시가 되는 것이다.

이 천심을 담는 데는 물론 기교도 필요하고 또 구성의 색깔도 뛰어나야 하지만 그것들보다도 가장 중요한 것은 정직한 마음이다. 바른 시심(詩心)이 민심(民心)이기 때문이다.

안혜성 시인은 시인으로서 가져야 할 정직한 마음을 가지고 있는 시인이다. 이 시인의 독자들도 시인을 따라 정직한 마음들을 갖게 되리라 생각한다.

바라기는 더 정진하여 다음 시집을 기다리는 마음을 채워 주기 바란다.

첫시집 상재를 축하하면서…

1997년 10월
황금찬

밤사이 내린 단비로 나뭇잎은 더욱 푸르다.

이순으로 접어든 이 나이에 내가 무엇을 더 탐하며 애틋한 미련을 버리지 못하는 것일까!

그러나 단 하나 욕심을 부린다면 외로운 이들에게 가슴을 열어 주는 그런 따뜻한 시집을 만들고 싶었다.

그 동안 먼지 쌓인 실타래를 풀어헤치고 내 나름대로 열심히 삶에 수를 놓아 보았지만 말로는 전할 수 없는 벅찬 이야기 언제나 생활 언저리에서 맴돌면서 또 하나의 다른 나를 바라보는 것만 같은 그리움이 남아 있었다.

이렇게 시를 쓰는 순간만은 무한히 나는 행복하다.

푸른 창공을 날으는 한 마리 작은 새가 되어 날아간다.

비록 그 새 소리가 하늘가에 흩어져서 바람 속에 용해되어 버린다 해도 언젠가는 메아리쳐 다시 들려올 것만 같은 믿음으로 받아들이고 싶다.

제아무리 삶이 풍성한 사람도 저마다 가슴속에 지닌 고독은 떨쳐 버릴 수 없기 때문이다.

막상 한 권의 책으로 엮어 놓고 보니 아쉬움이 크다.

사랑하는 내 가족, 이웃들과 함께 기쁨을 나누고 싶은 소망으로 이 시집을 만들었다.

특히 서문을 써 주신 황금찬 스승님과 기꺼이 작품을 해설해 주신 윤강로 선생님께도 마음 깊이 감사를 드린다.

겨울이 시작되는 길목에서
저자 안혜성

차 례

안혜성 시집/별도 뜨고 꽃잎도 뜨고

제 1 부 박새꽃 피는 아침

제 2 부 산은 살아 있다

제 3 부 비오는 날에

기다림에 영근 꿈이 **1**
야자수 나무처럼
키가 자랐다
오늘 이 순간을 위해
그리움은 얼마나
또 자랐을까

박새꽃 피는 아침

꽃밭에서

진분홍 고운
꽃신을 신고

꽃밭으로
걸어가면

온몸에 흐르는
빗물 같은 꽃물

향기로
취하는 가슴에

가장 사람다운
내음새가 풍겨나고

얼마나
늘 푸른 꿈
다듬었기에

소망이 기쁨 되어

꽃으로 피었던가

찬란한 햇살이
멍울 맺힌 꽃망울을
깨우는 아침

하늘도
꽃밭에 와 안기는
은혜로움

별도 밤이 되면
쉬었다 가는 곳

아름다움이
함께 있는 樂園

우리의 삶도
꽃처럼 순해지는

정직한 순리를
배우고 싶다.

봄이 올 때

봄은 앞만 보고
계절 속으로 걸어온다

먼 산마루에 피는
요람의 소리는

한 자락 붉게 핀
영산홍꽃 때문이다

흔들리는 향내음새
구름 노저어
하늘 속으로 오고 있다

햇살 너울대는
연녹색 고운 마음

꽃봉지 나르는 하얀새
깃털만 녹아나고

지난 겨울

묶어 둔 기억들을

어디로
물고 날아가나

앞서간 세월이
아무리 손짓해도

봄이 오는 소리는
즐겁기만 하여라.

박새꽃 피는 아침

구름 덮인 한라산에
박새꽃이 피었다

작은 황새풀 나비
장수하늘소 따라

은빛 날개 펴고
고향으로 날아간다

금방망이 망병초
들판을 온통 물들이고

황금빛 눈부신 금매화
노란 유채화는 피어
나는 또 어찌하리

가슴 깊이 출렁이는
꽃향기 꽃바람 은혜

풀새가 깃털 달고
세월 앞서 노래한다.

만 남

기다림에 영근 꿈이
야자수 나무처럼
키가 자랐다

오늘 이 순간을 위해
그리움은 얼마나
또 자랐을까

설레는 가슴속
꽃바람 불어와 향기롭고

즐거운 축복의 날
떨리는 손으로

서로의 우정을 담은
정다운 차를 마신다

못다아 채운
옛 이야기
화두 앞에 서면

무르익는
가슴과 가슴에

흐르는 꽃물이
눈 속으로 차 오른다.

그리움

바람이 가는 소리
나무가 크는 소리

그처럼 앞서가는
세월 속의 그림자

떨리는 목마름에
단비는 내리고

영혼에 흐르는
노을빛 해안

안으로 넘치는
맑은 기도는

마실수록 은혜로운
거룩한 기쁨

청록색으로
출렁이는

침묵의 숲

겨울처럼 가슴속에
꽃사슴 하나 묻고
떠나가는 나그네.

학의 노래

천년을 울음 울어도
목 쉬지 않는
기품 있는 학이여

비단결 수놓은
하늘가에
굽이진 목숨

꽃풀이라도
긴 목에 감고

무지개빛
울음을 배운다

돌아서
억겁을 돌아와도

다시 제 자리에 안기는

눈시린

아쉬움의 넋이어라

울음은 울음으로 하여
청푸른 꿈
날개 펴 맵시 있고

두고 온 정 서리는
소나무 가지 위에서

새하이얀
동그라미 춤을 춘다.

아침 바다

물보라 수은빛
고운 물무늬가
파도치는 새 아침

코발트색 풍광 속에
핀 한 송이
원추리꽃이
암벽을 장식하고

보석처럼 쏟아지는
아침 햇살 속에
물결치는 비취빛 파도

청명한 물새 소리로
해묵은 기염을 토한다

천년을 두고
또 동반해도

마술사의

궁전 같은 바다는

수많은
신비로움을 잉태하고

새 아침 기쁨을
가득 실은 고깃배가

삶의 감탄사로
다시 또
하루를 열어 준다.

SAND BEACH (샌드 비치)

바다는
그리움으로 다가와서
소용돌이치며
다시 돌아선다

난무하는 광란에
흰 무희가 한바탕
샌드 비치 위에서
춤을 춘다

꽃처럼 화사한
웃음으로

일렁거리며 오는
태평양 파도

아쉬움 부서져
조각난 배처럼
흩어진다 해도

눈부신 보석으로 남아 있을
바다는
영원한 태고의 어머니

수많은 세월을
그처럼 울음 울어도

바다는
언제나 시작처럼
내 작은 가슴 안에 있다.

분수대 옆에서

가슴 웅크리고
살아온
지난 기억들이

물방울처럼
흩어져 사라져 간다

수은색으로
물든 세상
온통 물빛으로 채색되고

삶을 요리하는
수면 위에 너울대는
조용한 파도

물무늬가 많을수록
아름다워지는
폭넓은 날개

바람에

물기둥이
흔들릴 때마다

하나씩
소멸되어 가는
부끄러운 내 멍에

바라만 보아도
가슴 두근거리는
시원한 물 향연은

하늘 높이 뜨고 싶은
마지막 내 열애였었다.

해 녀

바람 없는 날은
해녀가
춤추는 날이다

푸른 물 깊은 수중
운명처럼 머리 묻고

한평생 시린 넋을
바다 속에 심었구나

하늘 향해
박수 치는

잉어 같은
슬픈 무녀

발끝에 감기는
고된 세월

생을 위해 수놓은

검은 삶의 무게

비린내 나는
꿈 다듬어

수많은 한
풀어 헤쳐도

등질 수 없는 가슴에
다시 또 안기는
바다가 있다.

광대춤

춤추는 광대는
외롭지 않다

돌며 돌아가는
또 하나의 무대

화려한 춤 속에 감기는
가시나무 같은 그림자

박수 치던 관객들은
지금 어디로 가고

돌이킬 수 없는 우리는
세월에 밀려가는
키 작은 노예

빈 공허 속에
떠가는 껍질

그날의 기쁨도

사라져 가고

어차피 인생은
홀로 왔다
반드시 떠나가는 것

고독에 익숙한 우리는
지금 떠나가고 있다.

메아리

한번 떠나간
못 잊는
님 모습처럼

슬픈 여음 남기며
아득히 멀어져

가는 듯하면
다시 가깝게
울려 퍼지는 소리

산마루 계곡
마디마다

꽃가루 뿌리며
흩어지는 이별

나무 숲
이랑 사이로

물처럼 흐르는
외로운 연가

잔잔한
산바람 소리에도

느끼는 듯
가슴에 와 묻히는
물보라빛 우수

잡을 수 없는
안타까움에

계곡을 휘돌아 와도
새롭게 다시 안기는
그리움이 남아 있다.

춤추는 연인

불빛이 찬란하게
오색빛으로 빛나지 않아도
촛불이 꺼지는 시간이면
마지막 축제는 언제나 황홀하다

드레스 옷자락에
휘감겨서 돌아가는
또 하나의 다른 세상

황태자의 목메인 노래는
못 잊은 첫사랑의 아쉬움을
축배로 달래어 주고

폭주가 터져 흐르는
한밤의 감미로움은

사랑을 등진 광신자처럼
못다아 채운 가슴으로
돌며 돌아가며 춤을 춘다

고독은 언제나
무대 뒤에 숨어 있고

취하고 싶은
낭만에 마시는
외로움 같은 술잔에
안기는 연인들...

타오르는 무희의 가슴에도
저무는 인생 고독이
물처럼 흐른다.

포도주 한잔

무르익은 우정처럼
포도주 한잔을 마신다

마시는 즐거움보다
취하는 낭만으로
가슴을 적시는 술잔

무도회처럼 찬란한
자줏빛 화려한 색깔로
향수를 느끼는

먼 서구 보르도
동굴 속에서 무르익은
떡갈나무 향기

빈 잔에 고이는
달콤한 연인들의 사랑

무성한 포도알처럼
영글어 가는 젊음의 꿈

오늘도
포도주 한잔에 담기는
내 인생의 잔을 비운다.

바 람

당신을 닮은 미소가
향기처럼 꽃으로
피어나는 아침

느끼는 듯 스며드는
대지의 호흡

잡히지 않는 것을 위해
느낌만으로 따라가는

당신은
언제나 초원에 안기는
구름의 연인

색깔도 없는 것이
방랑자처럼 떠돌다

바다에 가서 쉬는
태초의 울음 소리

비를 등지는
안타까움 속에서도

나무는
휘청이는 몸짓으로
씨앗을 뿌리고

우주는
신비로움에 타는
새 생명을 잉태한다.

아쉬움

가버린 세월
지나간 것들에
대한 미련을
생각하지 말라

푸른 하늘
푸른 나무

새 소리 있어
인생은 풍요롭다

오늘은
꽃향기로
빈 가슴 채우고

내일이 오면
내일 속에
다시 생각해 보리라

사라지는 모든 것들은

아름다움으로 피는 꽃

승화된 꿈
찾아 헤매는
우리는
고독한 나그네.

모깃불

톱질한 톱밥으로
모깃불을 달구면

썰렁한 가슴에
두고 온 모깃불이
고향 뜰에서
타 오른다

생솔 송진 내음새
온 마을을 휘젓고

한여름 밤을
잊은 여인네들
이야기가

보리마당 멍석 위에
깔리는 낭만

길 건너
대장간 집

담장 밑에서는

더위를 잊은
한철에 모깃불
사랑이 영글어 간다.

불꽃놀이

태평양 바다에는
수많은 별 내려와 깔리고

이방인 가슴 안에는
정다운 고향이 와서 눕는다

외로움 달래어 보는
황홀한 불꽃잔치

두고 온 그리움
고독을 울음으로 토하는
목마른 영혼의 탄식

부서져 내리는
꽃가루 사이로
향수가 쌓인다

옛 추억은
날개를 달고

어두움을 불사르는
수많은 불나비 되어
밤하늘을 날아다닌다.

낙엽 후유증

고운 단장
새옷 갈아입고

그처럼 서둘러
떠나가는가

뒹굴다 지친 아쉬움
발끝에 밟히면

체념 속에
아픔을 몰아쉬고

서로 먼 마음 되어
빗겨 떠나간다

은행잎 쌓이는
물기 흐른 노란 거리

낙엽송 향기로
빈 가슴 달래어 주고

길손처럼
외로운 사랑
저녁노을에 타버리면

사라지고 없는
빈자리 위에
낙엽 후유증만 깊어 간다.

참 회

무엇으로
가슴 채워야
부족함 없는
은혜로움이 될까

주어도 자꾸 주는
구멍난 명상

사랑은
홀로 있어야
외롭지 않고

목마른 영혼에
해일처럼 부딪히는
간절한 소망

향내 나는 기억 속에
함께 사는 이야기들

석류알처럼

알알이 빨갛게
터져 나올 때

어리석은
내 뒷모습에서

비웃어 보는
아픔은

한낱
돌이킬 수 없는 삶의
진한 멍에였을 뿐이다.

6월이 오면

석류알 익어 가는
축복의 한나절

창문을 열고
하늘을 본다

넘치는 햇살
은총은 가슴 안에서
기쁨으로 출렁이고

따사로운 상념은
사랑으로 물든 보금자리

세월 뒤에 따라가는
또 하루 충만된 시간

목마르지 않은
대지 위에
마거리트(marguerite) 꽃은 피고

종달새 소리 타는 들녘에
붉은 노을 흐르면

보리 이랑 사이로
계절이 영근다.

가을이 오면

가을이 오면
보석 같은 햇빛이
논밭에 쏟아지고

옥수수 숲
헤집는 세월은

바람보다
앞서간다

낙엽 지는 소리에
알밤 영글어 가고

산 다람쥐
도토리 까먹는
풍요로운 잔치

주렁 – 주렁 가지마다
풍성한 열매

얼룩진 농부 가슴에도
땀의 결실이 익어 간다.

착하고 거룩한 생리
송두리째 자기를 앗아가도
순응하는 초연함으로
수천만 번의 꿈을
새롭게 가꾸는
다시 태어나는
아름다움이
승화되고 있다.

2

산은 살아 있다

바위섬

푸른 물 검붉은
산호 같은 신비로움

아득히 침묵하며
숨쉬는 수천 년의 모태

태초에 움튼 낭만의 늪
우리 인간을 닮아

꿈틀대는
하늘 밑 푸른 집

꽃잎처럼 떠가는
돛단배 안식처

오지로 떠나가는
무지개빛 세계

진한 원색으로
가슴에 와서

부딪히는 포말

저마다
맺힌 한 풀어
수많은 원을 그려 봐도

언제나
똑같은 거리에서

세월만 낚는
그리움이 되고 있다.

산은 살아 있다

새가 날으고
나무가 크고
바위가 숨쉰다

산 다람쥐
도토리 까먹는 산은
풍요롭게 살찐다

바람은 계곡
나뭇가지
숲에서 머물고

가을 열매는
아침 이슬에 익어 간다

언제나
구름을 받아 이고

제일 먼저
비를 맞고 서 있다

천둥 번개 소리에도
두려워함이 없고

물소리보다 청명한
산울림을 키운다

살아 숨쉬는
모든 생명에
보은하는 눈빛

날짐승 울음에도
너그럽게 받아 주는

어머니
품속 같은 산맥

내가 산으로
돌아가는 날

내 목소리도

산울림 되어
다시
돌아올 것만 같다.

바 다

바다는
자기 빛깔이 없다

비가 오면 잿빛으로
노을 지면
노을빛으로 물든다

칭얼대는 아이처럼
한바탕 소리내어

울어 버릴 것만 같은
두려움의 침묵

변태 많은 사람을 닮아
바다는
수천 년을 두고 그렇게 울음 울었던가

뇌성처럼 분노하는
파도 안에 잠재운 비밀

나는
그래도 바다가 그립다

모태의 신비로움을
밑바닥에 깔아놓고

원시인처럼 손짓하는
너그러운 바다

내가 바다 안에 들어가면
하늘빛 닮은 바다는
눈이 부시다.

어 항

어항 속에는
작은 내 우주가 있다

살아 숨쉬는 열대어
사색 은빛 명주 실타래
풀어헤치면

오색 무늬 수놓은
우리 깊은
영혼의 하늘

새파아란 물 출렁이는
수채화 같은 마음

그 안에는
별이 뜨고
꽃잎도 뜬다.

꿈을 키워 온
화광암 같은

침묵의 혜안

하이얗게 물든
아침 이슬에

샘솟는 맑은
진실을 담고 싶다.

해바라기꽃

정성 모아 가꾼 순정
하늘 우러러
흑점 하나 안고
피어나는 꽃

백치 같은
어리석음 어쩔 수 없어

숙인 고개 쳐들고
햇빛따라 가는 해바라기

먼 산마루 고개 넘어
계절 안고 오는 화신

아쉬워 굽이진 하늘가
비단실 풀어놓고

흐느끼는 듯 느끼며
바라보는 망향의 꽃

기다리는 가을 속에
잊혀진 사람
만나고 싶은 사람들이

무지개빛 같은
그리움을 안고
내 곁으로 오고 있다.

숲에서

언제나 침묵하여
출렁이는 파도

간밤에 별 내려와
잠든 자리에는

산새가 울지 않고
알을 품었다

산마루 수은빛
가까운 듯 먼 듯
바라보고 섰노라면

둥글게 하나 묶은
그리움의 동산

크고 작은
저마다 몸짓으로

이슬 먹고

자란 고운 빛
하늘 이고 산다

바람 불어
떠난 뒤에야

울음 우는
요람 소리

가슴이 넓을수록
잎새마다 흐느끼는

정겨움이
새롭게 깔린다.

산 길

푸른 하늘 언저리
푸른 물 고이면

흐르는 물 소리
바람 소리 따라

나를 바라보고
그처럼 울던
정다운 산새 소리

오늘도
나와 함께

열린 가슴으로
고향 산을 오른다

어제는
이미 지나갔어도

산처럼 드높고

해맑은 소망으로

시작처럼
익어 가는 계절 속에

한 그루
어린 나무를 키운다.

나 무

바람이 구름 속으로
계절 따라 스며들면

스스럼없이 옷을 벗고
겨울처럼 침묵한다

나무는
서로의 가슴과 가슴끼리

부대끼는
슬픔을 만들지 않는다

오묘한 절개로
저마다 곧은 정연함이
신비롭게 뻗어 있다

비바람 속에서도
굴함이 없고

아름다운 새소리

깃털을 키운다

한 그루 뿌리 밑에
잠재운 비밀

이슬 먹고
자란 나무는

지금도 우리와 함께
숨쉬는 정교한
공간을 만든다.

사탕수수밭

끝없이 펼쳐 있는
붉은 옥토밭에

뿌리박은 푸른 숲
큰 키 너울대며
서로 기대어

마주 잡은 정겨움
탐스런 열매를 키운다

사탕처럼 달콤한 계절 속에
하늘 꽃문 열려 있다

높은 구름 바람 속으로
소망에 꿈을 실은
아름다운 해협의 길

트인 이랑 사이마다
햇빛 쏟아지고

축복에
영글어 가는 땅

또 한 해
수확이 풍요롭다.

호박꽃

눈 뜨고 봐 주는 이
아무도 없는 담장 밑에서

선명한 자기 색깔로만
침묵하며 크는 꽃

늘어진 노란 꽃송이에
아지랑이처럼
안기는 고추잠자리

못 견디게 떨치고 싶은
태양볕에서도

타는 여름을
가슴으로 감싸는 너그러움

체념 속에 뒹굴고 싶은
못난 허물을

순응하며 받드는

소박한 꽃잎

수없이 많은 것들을
잃어버렸어도

향기 없는 꽃 속에서 영그는
결실이 숨어 있었다.

안개비

안개비를 맞으면서
안개 속으로 걸어가면

하얗게 부서져 내리는
물보라 같은 상념

우주가 구름 되어
흰 꽃으로 피어나고

이슬처럼 촉촉히
젖어드는 촉감

끝없는 꿈이
흩어져 퍼지는
피안의 우수

신비로움에
떠 가는 산과 숲

연인의 흐느낌으로

가슴에 와서 안기는
애처로운 느낌

강을 건너
마을로 돌고 와도

수목은
바람을 등진 채

그대로의 모습으로
하얗게 물들어 간다.

남극 바다

은하수 흐르는
끝자리가
남극 바다인가

태양을 따먹는
해초의 생명

신비로운 잉어처럼
파도 치는 해협에는

물기러기
한유롭게 울음 울고

순백의 깃털 달고
하늘을 날으는 무리

바다는 원시인
인간의 우주
사랑스런 고향

오염 없는
남극 바다에서

인위의
침묵을 깨고

영원히 나
그곳에서 살고 싶다.

눈오는 날

눈오는 날이면
잊혀진 이에게도

사랑을 나누어 주고 싶다

이 세상 모두가
하얀 색으로 물들고

외로운
우리 가슴에는
소복히 흰눈이 쌓인다

눈을 맞으면서
눈길을 걸어가면

동화처럼 아름다운
어린 시절이 생각난다

백설은
멍든 우리 가슴에

꽃으로
피어나게 하고

고향으로 인도하는
안식처가 되고 있다

이렇게
하루종일
눈오는 날이면

두고 온 기억 속의
다정한 얼굴들이

눈처럼
하얀 모습으로
그리움 되어 피어난다.

바퀴라 나무

모양새도 없는 것이
투박한 몸매에

큰 관을 쓰고
너울대는 푸른 잎

남극 바다 물 건너
아득히 시집온
새 아씨 같은 수줍음

태양볕에 검은 얼굴
그늘 속에서도

침묵하며 크는
소박한 나무

꽃도 피지 않는
외로움으로
깊이 뿌리 박은 절개

새파란 꿈 가득 키워
신비로움 부푼 가슴

오늘도
기다리는 마음 안에
잉태하는 푸른 넋을
키우고 있다.

매미 소리

짧은 생애를
몸부림치며 우는
탄식의 노래인가

오염 없는 자연을
그리워하며 우는
목마른 노래였던가

탈색된 태양
갈증 속에 타는 목마름

빡빡한
도시인을 닮은
껍질 속의 공허

신선함을 등진
숨막힌 듯 우는 매미

옛날 고향에서 듣던
그때 그 소리는

분명 아니었고

긴 여름철 한가롭게
쉬었다 가는 구름처럼

더위를 식혀 주던
그해 청명한

그날에 울던
그 매미 소리가 듣고 싶다.

사 슴

시린 아픔
긴 목에 감고

그처럼 슬픈 눈으로
하늘 바라보는가

그 어느 날인가
단 한 번은 울음 울어

토하고 싶은
아직도 남아 있는 그리움

비정하게 어루만지는
얼룩진 갈증 속에서도

보은하며 살아가는
신비로운 사슴 뿌리

순하게 자르면 자를수록
더욱 다듬어지는

보석처럼 찬란한
생명의 넋이어라

눈오는 하얀 날에도
후회 없는 참뜻으로

우리에게 주는
너무 많은 넘친 은혜

처음부터 시작처럼
심어진 사랑

착하고 거룩한 생리
송두리째 자기를 앗아가도

순응하는 초연함으로
수천만 번의 꿈을

새롭게 가꾸는
다시 태어나는

아름다움이
승화되고 있다.

사루비아꽃

조용히 눈감아도
소용돌이치는 가슴 안에

유리알처럼 박히는
붉은 사루비아꽃

바람마저 멈추어 버린
숨막힌 한나절

흐드러지게
웃음 짓는
원색의 물결

찬란한
꽃무덤의 향연

검붉게 타오르는
불붙은 들꽃 위에

한바탕

처절하게 뒹구는
정열의 화신이여

설레임으로 새겨진
황홀한 가슴 안에

연원히 남아 있을
붉은 연인의 그림자였다.

성불하는 가슴에
빗물이 흘러내리면
또 하나 가슴 위에는
바람이 불어온다……
무엇을 가져갈 아무것도 없는
무숙무한의 세계에서
더는 죄짓지 않는 너그러움으로
돌이킬 수 없는 원죄를 달래어 본다

비오는 날에

야 경

어두움 새겨진
붉은 그림자 뒤에

아쉬움 뿌리며
또 하루가 지나간다

불꽃으로 수놓은
산마루 위에는

어느새
은하수 내려와
잠들고 있다

밤을
태우는 불야성
찬란한 오색의 불

바람 불어도
꺼질 줄 모르는
불꽃 향연

어두움은
꽃마저 삼켜 버리고

새 소리마저 몰고
바다로 갔다

질서 있는 밤거리
꼬리 문
차들의 행렬

삶을 요리하는
또 하나의
아름다운 도시인의 춤

황홀한 불꽃이
용광로처럼 타는 밤

원주민이나
이방인이면 어떠하리

가슴에
함께 취하고 싶은

원색의
불꽃이 타고 있다.

가을 소리

벗단을 도리질
하기에는 아직은
이른 시간이다

눈감고
생각만으로도

가슴 가득히
채워지는
충만한 결실

바라보는 설레임으로
영그는 밭에
서 있으면

나무가
물들어 가는 소리

과일이
익어 가는 소리

계절보다
앞서가는
달구지 소리

햇살은
황금빛 축복을 안고
가을 길목을 지킨다.

작설차

작설차 한잔을 마시면
만뇌의 시름이
사라져 간다

따사로운 입김에
젖는 정겨운 사색

출렁이는 가슴 안으로
고향을
노래하며 찾아온다

무지개빛 하늘
낮게 흐르는

지리산 마루턱에
엉킨 솔바람 소리

크고 작은 바람 소리

그런 나뭇가지에

와서 우는
새소리가 좋아

나는 오늘도
작설차를 마신다.

침 묵

조금은 적막하지만
때로는
나를 편히 쉬게 해 준다

한순간에
우주를 배회하고

다시
제자리로 돌아오는
신비로움의 늪

서둘러 말하지 않아도
사색의 징검다리를
돌아서 오는 바람

호수처럼
고요로움에
출렁이는 물결

하늘빛 닮은

그런 푸른 물로
나는 남고 싶다.

비오는 날에

비가 내리면
빗물과 함께 흐르는 가슴에
또 하나의 강물이 흐른다

거리도 나무도 사람들도
모두 비에 젖어
흐느적거리는 해초와도 같다

수채화 같은 캠퍼스에는
비를 맞으면서

어설픈 낭만을 줍는
젊은이들도 많다

사계절
그 어느 계절에도
비를 좋아하는
옛 친구의 모습이 떠오른다

빗물은

우산 속의 연인들을

사랑으로 영글게 하고
다정한 마술사로 만든다

찬란한 빗방울 소리가
외로운 우리 가슴에
꽃으로 피어나게 하고

드높고 보다 넓은
원색의 세계로 인도하는
혜안이 되고 있다

이처럼
종일토록
비오는 날이면

고향에 두고 온
흙 내음새 나무

그리고
바람 소리 물 소리
새 소리를 들을 수 있어

우리들의 넉넉한 삶은
풍요로움에 열매를 맺는다.

가신 이에게

꽃밭에 누워
하늘을
우러르는 날은

어디라도 끝없이
나 떠나가고 싶다

내 삶의
하나뿐인 사랑도

저 하늘처럼
맑은 동공에

푸른 물
고여 있었을까

아직도
그대 품속에서
살아 있는 염원

이미 그대 떠나간
저편 강물 되었거늘

언제인가
나 또한

건너가야 할
강물이기에

외로운 침묵의
꽃처럼 아름다운 모습으로

내 영혼의
고운 말
속삭여 주던 그대

간절한 소망으로
여기
다시 태어난다 해도

나는
놓치고 싶지 않은
작은 행복으로

그대 바라보는
영원한 아침을
맞이하고 싶다.

찻집에서

조명등 밑에 떨어지는
차 한잔의 그림자

원색의 빛깔로
투명하게 비치는
서로의 가슴과 가슴

차 한잔의 향기로
외로움은 정화되어 흐르고

마주치는 눈동자 속에
영그는 약속의 결실

가슴으로 스치는
낭만의 멜로디

꽃과 함께 타는
찻집에는
내 고독을 풀어 주는

취하고 싶은
차 한잔의 사랑이
움트고 있다.

무상

내가 원하지 않아도
어디서 시작되어
끝나는 곳 어디인지

알 수도 없는 이 길을
오늘도
나는 가고 있다

보이지도 않는
그 무엇으로
떠밀려 가는 우리

잠시도 쉬어 갈 곳
여기 땅 위에는 없었구나

슬픔을 잊으려고
슬픔까지
사랑해야만 하는 우리

삶의 무게가

더할 수 없이 무거워도

지금 가는 이 길은
어디쯤에서 멈추어 설까

돌이킬 수 없는 삶의
지는 해만 앞서간다

가진 것 모두 두고
떠나간다 해도

가슴 안에 키운 정
어찌하고 떠나가리

내 생에 단 하나
믿을 수 있는 것은

어김없이 흐르는
시간뿐이다

참 선

얼마나 성심 성불해야
해탈문 들어설 수 있을까

참선하는 마음은
진실보다
아픈 고뇌

성불하는 가슴에
빗물이 흘러내리면

또 하나
가슴 위에는
바람이 불어온다

힘겨운 업보
어찌할 수 없어

수천만 번을
헤아려 보는
관세음보살님

무엇을 가져갈
아무것도 없는

무숙무한의 세계에서
더는 죄짓지 않는
너그러움으로

돌이킬 수 없는
원죄를
달래어 본다.

뉘우침

내 창에 떠오르는
시름의 운해

지금
촛대에 불 밝혀도
남아 있는 시간은
늦지 않았다.

뉘우침은
인내보다

고통스러운
피안의 바람 소리

정성 모아 싱그럽게
치부할 수 없는

얼룩진 허욕이
황폐로 남아 있을
가슴에

진한 고독을
풀어 주는 강물처럼
유순한 너그러움

은혜로운 삶을
가꾸어 가는

여기
다가서는 시간 속에

감사하는 참 마음으로
문을 열어 주는

다시 되돌아가고 싶은
어제가 있었다.

묘 비

이름 석 자 남기려고
이 세상 왔던가

그래도
눈부신 묘비

하나 새겨 놓고
떠나갔구나

아침에는
찬란한 햇살 비치고

새 소리
나무 크는 소리 있어
우리는 외롭지 않다

무상하다는 말은
처음부터 잊고 살아야지

누구나 가는

인생길

정직한 마음으로
착하게 살았다면

그것으로 한 세상
무엇을 후회하리.

이 별

간밤에 집비둘기
그처럼 구구 울더니

아침 해 등지고
그대 떠나 갔구나

몸이야 바람따라
홍겹게 날아가도

꽃물에 찬 넘친 정
어찌하고 떠나갔나

다시 만날 기쁜 날
아무리 언약해도

오늘 사는 우리
내일 일 모른다

만남 뒤 오는 슬픔
피한다고 돌아설까

여름 장마비처럼
쏟아지는 마음밭에

새순 돋아나는
또 그리움.

가는 여름

물 소리
짙은 계곡에
산바람 일면

작약나무 꽃잎
단비에 젖는다

날개 접은 산새
나무 등뒤에 숨고

맑은 물 흐르는
꽃잎 위에
여름이 다아 진다

높은 하늘
푸른 숲

구름 노저어
온다 해도

앞서가는
세월이야
돌이킬 수 있을까.

저녁 노을

잎새마다
흔들리는

저녁빛이
슬프도록 아름답다

한나절
타는 태양보다

지는 노을이
저렇게 찬란한 것은

아마도
하루 산 짧은 삶이
아쉬움으로 조각난
슬픔 때문이다

마지막 가는
저녁 해는
언제나 둥글게 원을 그리며

내 가슴 안으로 오고 있다

산새 소리
낮게 가라앉은
나뭇가지에는

한 자락 끈 풀린
저녁 빛이

붉은 그림자를 드리우며
꽃잎처럼
황홀한 입자를 만든다.

떠나는 배

긴- 고동 소리
제아무리
구슬퍼도

떠나는 배에
실은 이 마음
비할 수 있을까

파도처럼 밀려오는
지난 기억들을

부둣가에 묶어 둔들
이제는 소용없다

언제나 이별은
아쉬움으로 남고

돌이킬 수 없는 세월
한 걸음
빗겨간들 어떠하리

떠나가는 배처럼
우리도
한번 가는 인생

무엇으로 채울까
빈 가슴에 고이는
추억뿐이다.

그믐달

떠나야 할 시간에
떠나가지 못하는 것은

이미 유성이
지나간 자리에

침묵이
흐르기 때문이다

냉기 서린 옹달샘
느끼는 듯 흐느끼는

수심 찬 노처녀
얼굴 같은 우수

흔들리는
나뭇가지에는

산새가 깊이 잠들고 있다

적막이 가라앉은
고요한 달무리

그대 함께 보았던
그때 달은 아니었고

오늘 밤은
내 가슴 안에서
윤기 없는 날개를 펴고
껍질만 벗긴다.

꿈의 찬미

꿈 많은 사람들은
가난하지 않다

꿈은 슬픔 속에서도
찬란하게 피어나고

꿈꾸는 사람들은
맑고 투명한
가슴을 가졌다

아름다운
깊은 눈으로

우주를 바라보며
그 속으로
긴 여행을 떠나간다

소박한 꿈은
넘치는 축복이
신선하고

화려한 꿈은
멀고 결실이 아득하다

꿈 없는 가슴으로는
아무것도 할 수 없는
허수아비

곱고 진실된 꿈이
온 몸으로 채워질 때

홀로 서 있어도
삶은 외롭지 않다.

좁은 공간

손수건만한
공간 속에서는

청명한 아기의
울음 소리가 들린다

끝내 희망마저
등질 수 없어

살아 있다는 멋으로
부러울 것 없이
살아가는 사람들

웃음꽃 피는
창문 안에서는

넘치는 인정이
풍성하게 쏟아지고

생명 있는 사랑을

마시는 향내나는
좁은 공간

눈 맞추고 울음 울던
어린 아기는 잠이 들고

어느새
별이 찾아와
가난한
유리창에 안긴다.

도시인

홍수처럼 떠밀려 가는
얼룩진 도시인

거리마다
부대끼며 살아가는
수많은 사람들

낯설어하는
나 또한
어쩔 수 없는 이방인

가로수잎 떨어지는
적막한 소리에

몸은 함께 걸어가도
마음은 아득히

서로 떠나가
있는 사람들

빈 공허 속에
떠 있는
구멍 뚫린 나무

컴퓨터처럼 반복되는
자기 모습에
지쳐 버린 도시인

잃어버린 정겨움
찾아 헤매면

또 하나의 고독이
빌딩만큼 늘어만 간다.

새처럼

어미새
아기새
함께 날아와 우는
아침 풀밭에

쏟아지는 햇살에
안기는 새 소리

침묵하던 수목도
잠에서 깨어나
생동하고

바람숲 출렁이는
정감 어린 초원

이별 오는
슬픈 날에도

뿌린 눈물 거두어
안개꽃처럼 피어나는

하이얀 우수

귀엽고 날렵한 맵시로
눈 시리게 날으는
엄마새 따라가는 아기새

나도 한 마리 새가 되어
하늘 높이 끝없이
날아가고 싶다.

제주도의 하루

미처 자라지도 못한
키 작은 나뭇가지에

휘청거리도록
매달린 노란 생귤

바라보는 길목에는
흐드러지게 웃는
유도화 자양나무꽃

한라산 마루까지
흩어진 웃음 소리

하늘 닮은 바다는
조개구름 껴안고

설레이는 가슴 안으로
바닷바람 몰고 온다

물결 굽이치는

억새풀 향연

한나절
눈부신 햇살이

해묵은 하루방
얼굴 위에 뒹굴고

갈매기 날으는
남해 섬에는

하루의 가을빛이
물들어 간다.

공원의 아침

물보라 수은색으로
수묵화를 그리며
밝아오는 새 아침

밤사이 내린 단비로
이슬 먹고 자란
잔디는 눈이 시리다

깊은 수면에서
잠깬 새들의
지저귐으로

생기 있는
하루가 문을 연다

나무는 잎새마다
잠재운 신비로운
비밀에
꽃술을 터뜨리고

미명에 동이 트는
이런 날 아침은
삶에 가득히 정이 간다

꽃바람 향바람
하늘을 덮고

향기에 취한
나는
지금 꽃술에 숨을 쉬고 있다.

외로운 늪

홀로 있을 때가
조금은 덜 외롭다

대나무 숲처럼
서로 부대끼며
우는 찬바람 소리

그대 가까이
곁에 함께 있어도
외로움은 마찬가지

못다아 채운
가슴 안에
모닥불을 지피면

무엇이 남을까
사랑 떠난
그리움의 늪

햇빛따라

그림자
빗금을 잡으면

변한
그대 모습에서

더욱
나는 외로워진다.

작품 해설

평범의 비평범성의 시

윤강로

평범의 비평범성의 시

윤강로

    진정한 의미의 시인은 쉬지 않고 시를 쓰면서 시인의 길을 걷는다. 시인은 시의 삶을 사는 존재이다. 진짜 시인은 시의 삶을 사느냐의 여부에서 결정된다. 안혜성은 그런 의미에서 좋은 시인이다. 그는 오랜 세월 시를 품고 살았다. 시인은 시를 지니고 사는 것이 아니라 품고 살아야 한다. 왜냐하면 시는 시인의 내면에서 싹트는 생명을 얻기 때문이다.
시란 무엇인가? 뜨거운 불인가? 쓰지 않고는 배길 수 없는 시의 충동은 무엇인가?

    안혜성은 이제야 한 권의 시집《별도 뜨고 꽃잎도 뜨고》를 내놓는다. 시인의 길을 치열하게 시를 쓰면서 걸어온 안혜성은 진정한 의미의 시인이다. 그의 시에는 현실이 버려져 있다. 시적 상황만으로 현실생활을 가리울 만큼 시에 치우쳐 살아가는 시인의 열정은 내면의 눈을 맑게 하였다.

    시는 안혜성에게 동반자적 가치를 지닌다. 시적 기질, 시의 삶, 시의 동반자를 소중하게 보듬는 그는 그만큼의 가치 부여에 따라 시집을 내놓는 수줍음을 탄다. 건성 시인의 이름을 걸고 치열한 시의 길을 걷지 못하면서도 당당하기만 한 그 숱한 시인들 틈에서 안혜성의 한과 수줍음은 독자들에게 진짜를 줍는 손의 감촉을 줄 것이다.

안혜성의 시에는 낡은 부분이 있다. 혼자 걷는 시의 길에서 눈치채지 못한 '현대성'의 비까번쩍하는 시적 면모가 빠져 있을 수 있다. 그러나 낡아서 가짜가 아닐 수 있는 시적 면모는 더욱 시에의 외경심을 자아낼 수 있을 것이다.

이러한 까닭으로 해서 안혜성의 시집을 대하면 한 인간의 생애를 대하는 것과 같은 엄숙함을 느끼게 된다. 실패와 성공의 가늠자로 인식될 수 없는 시인의 여로가 얼마나 고단했을까에 대한 생각 때문이다.

안혜성의 시는 내면적 삶으로 채워져 있다. 사실적 상황이란 그의 시에서는 무용지물이다. 고단하고 외로운 생의 여로에서 터득한 내면의 소리는 결코 실체적 자아를 드러내지 않는다.

안혜성의 시에 개입한 모든 시적 자아는 한결같이 안혜성의 어조를 지니고 있다. 그래서 변형된 어조를 일체 허용하지 않는 안혜성의 시에서 안혜성이 자신의 삶을 노래하기에 급급하다는 것을 알게 된다.

시는 일인칭의 장르이지만 안혜성의 시는 특히 일인칭이다. 자신의 내면세계로 모두를 인식하고 시화하는 '인식의 테두리'가 너무 명확한 것이다.

그녀의 시에는 자아가 있을 뿐이며, 자아를 대체할 그 무엇도 결국 자아가 될 뿐이다.

그래서 안혜성이 대상으로 하는 모든 것은 안혜성의 어조로 안혜성의 내면을 충실하게 따르는 시적 매개물이 될 뿐이다. 안혜성의 시에는 감정이입의 한계가 모호하다. 왜냐하면 감정이입의 대상이 되는 사물이 이미 안혜성의 자아로 신속하게 전환되기 때문이다.

또한 안혜성은 현실 삶을 넘어서고자 하는 자기 충동의 결과로써 극복과 초월의 의식이 농후한 시를 쓰고 있다. 어쩌면 이 시인에게 있어서, 시란 현실에서 지쳐 있는 존재의 피안인지도 모른다. 내면에 품었으되 지그시 바라보는 또 하나의 자아적 피안…….

안혜성의 의식과 사유는 내면지향적이고 피안적 자아에 대한 눈뜸에서 시를 빚는다. 현실에서 숨쉬되 시로 살고자 하는 시에의 의지로 인하여 안혜성의 시에는 거짓이 없다.

바람이 가는 소리
나무가 크는 소리

그처럼 앞서가는
세월 속의 그림자

떨리는 목마름에
단비는 내리고

영혼에 흐르는
노을빛 해안

안으로 넘치는
맑은 기도는

마실수록 은혜로운
거룩한 기쁨

청록색으로
출렁이는
침묵의 숲

겨울처럼 가슴 속에
꽃사슴 하나 묻고
떠나가는 나그네.　　　　　　　　　　　　　－〈그리움〉 전편

　해맑은 시이다. 현실에서 대응하는 의식을 잠재우고 내면의 인식세계로 민감하게 받아들인 사유에 의해 시적 삶의 의식이 조성되고 있다. '바람이 가는 소리 / 나무가 크는 소리'와 같은 표현은 지극히 예민한 사유성에 의해서만 생성되는 것이다. 순수하고 경건한 안혜성의 발상은 심결이 곱다. 안혜성은 세속에 가리워지지 않은 시적 감각으로 사물을 수용하고 관념을 조성하는 시를 쓰고 있다. 안혜성은 시를 실험하고 꾸미려는 의도를 갖고 있지 않다. 따라서 평범하고 안일한 시로 인식되기 쉽다. 그러나 평범하고 안일한 듯한 안혜성의 시를 음미하면 '평범의 비평범성'의 깊은 시적 의미가 느껴진다. 이는 평범성의 음미에서 평범하지 않음을 느끼게 되는 온건한 사유의 힘이 있기 때문이다. 또한 안혜성의 깊지도 않고 얕지도 않은 평면적 사유 이면에는 생에 대한 깊은 의식이 자리잡고 있다. 이러한 의식이 시인의 어조를 안정되고 차분하게 하고 있다.

　안혜성은 그러한 시를 쓸 수 있을 만큼 예술적 감성을 소유하고 있다. 예술적 감성은 닦여지는 것이 아니라 천부적으로 타고나는 것이다. 안혜성의 시적 감성은 녹슬지 않았다.

166

이토록 예민하고 부드러운 감성을 유지하는 것은 쉬운 일이
아니다. 현실에 빼앗긴 부분에 시의 부분이 컸다면 안혜성의
시적 감성은 맑고 예민한 시를 감당할 수 없었을 것이다.《별
도 뜨고 꽃잎도 뜨고》에 실린 시들이 그것을 말해 주고 있다.

어항 속에는
작은 내 우주가 있다

살아 숨쉬는 열대어
사색 은빛 명주 실타래
풀어헤치면

오색 무늬 수놓은
우리 깊은
영혼의 하늘

새파아란 물 출렁이는
수채화 같은 마음

그 안에는
별이 뜨고
꽃잎도 뜬다.   −〈어항〉중에서

    시적 대상을 통해 자아의 내면을 형상화시킨 〈어항〉 표출
에서도 감도(感度) 높은 감성을 또 한번 확인하게 된다.
    또한 이 시에서 발상과 표출이 동시에 이루어지는 자연스
러움을 느끼게 된다. 이는 안혜성의 시세계가 어떤 대상을 만
나더라도 유연하게 자극됨을 말한다. 일상적 사유의 흐름이
전생애를 통해 흐르고 있음은 시의 꽃이 마르지 않음을 의미

한다. 안혜성은 시의 빛남을 시도하거나 치장하지 않는다. 시를 무디지 않게 하고 마르지 않게 하는 시세계의 보유가 안혜성으로 하여금 오랜 세월의 시작(詩作)을 충동질하는 것이다. 번개가 치면 천둥이 울린다고나 할까? 대상을 보면 발상이 충동되는 시인이 시의 삶을 살 수 있는 것이다. 그래서 이들 시에는 짧은 경륜의 시인이 쓴 시에서 볼 수 있는 발상의 조작과 표출의 수다수러움을 찾아 볼 수 없다.

'풀어헤치면 / 오색 무늬 수놓은 / 우리 깊은 / 영혼의 하늘'이나 '그 안에는 / 별이 뜨고 / 꽃잎도 뜬다'에서 보듯이 안혜성의 감성과 의식, 그리고 표출은 투명하고 잔잔하다. 그러나 상투적인 삶에의 의지가 도처에 노출되고 있음이 결함으로 지적될 수 있다.

또한 안혜성의 시에는 '시가 시이게 하기 위한 내면의 비밀스러움'이 결여됨을 말하지 않을 수 없다. 시에서 비밀스러움은 시의 재산이다. 하여간 안혜성의 시는 평면적 의식세계로 다가오면서도 특유의 사유성으로 시적 깊이를 유지하고 있다.

또한 안혜성의 의식세계는 대상과 만나서 자아의 형상화로 시화(詩化)하는 데 익숙하다. 대상의 속성을 알맞은 수준의 이미지로 형상화하면서 대상과 자아를 일치시키는 시에 〈해녀〉, 〈바위섬〉, 〈분수대 옆에서〉 등을 들 수 있다.

하늘 향해
박수 치는

168

잉어 같은
슬픈 무녀

발끝에 감기는
고된 세월

생을 위해 수놓은
검은 삶의 무게   - 〈해녀〉 중에서

푸른 물 검붉은
산호 같은 신비로움

아득히 침묵하며
숨쉬는 수천 년의 모래   - 〈바위섬〉 중에서

삶을 요리하는
수면 위에 너울대는
조용한 파도

물무늬가 많을수록
아름다워지는
폭넓은 날개   - 〈분수대 옆에서〉 중에서

이 중에서 특히 〈바위섬〉이 눈에 띈다. 바위섬은 현실 속
에 있는 자아의 형상화이다. 바위섬처럼 현실과 유리되어 있
는 바위섬 같은 자아의 형상은 그리움과 낭만으로 채색되면
서 삶의 자기 미화를 꿈꾼다.

안혜성의 시적 자기 미화는 젊다. 그리고 색채 이미지가
뛰어나다. 낡지 않은 모습과 색채로 시를 쓸 수 있는 면이 안
혜성의 가장 큰 시적 미덕이다. 고답적이되 낡지 않은 것은

언제까지나 새로울 수 있음의 증거이다. 또한 안혜성 시인의
시에서는 고답적 사유의 평범성이 진부하지 않게 살아 있는
것의 젊은 감성과 색채감의 심상이 무디지 않게 표출되기 때
문이다. 다만, 가치적 삶의 기준이 첨단적 현실의식에 있지
않을 뿐이다. 특히 〈해녀〉가 보여주는 현란한 자기 현시(自己
顯示)는 자기 표출의 함축에 미적 감각을 더한 데 연유한다.
여기에서 안혜성이 시적 절제시를 적절히 구사하고 있음을
간파하게 된다.

　안혜성의 형상화에서 주조(主潮)를 이루는 것은 침묵의 모
습이다. 삶을 그윽하게 이끌어 가는 침묵의 형상화는 내면의
울림을 전해 준다. 그것은 또한 혼란되지 않게 살아가는 법을
일깨우는 것이기도 하다.

　　조금은 적막하지만
　　때로는
　　나를 편히 쉬게 해 준다

　　한 순간에
　　우주를 배회하고
　　다시
　　제자리로 돌아오는
　　신비로움의 늪

　　서둘러 말하지 않아도
　　사색의 징검다리를
　　돌아서 오는 바람

　　호수처럼
　　고요로움에

출렁이는 물결

하늘빛 닮은
그런 푸른 물로
나는 남고 싶다

　자신을 침묵으로 풍요하게 하는 삶의 단계는 극복과 초월의 경지에 속한다. 이 시는 내면의 눈으로 찬찬히 응시하면서 자아의 본질성과 넓은 공간성을 획득한 사적 자유의 넉넉함을 제시하고 있다. 자아와 자연과 그것들의 고요한 움직임, 그래서 안혜성의 침묵은 서정의 세계로 가는 출구가 된다. 안혜성의 윤기 있는 상상력을 헤아리면서 서정의 미감과 시적 분위기에 기대를 걸게 된다. 고답적이고 평면적인 사유와 풍부한 상상적 발상이 서로 상치되면서 조화를 이루는 이중성에 또한 격려를 주고 싶다. 끊임없이 좋은 시를 쓰면서 영육이 강건하기를 기원하면서…….

별도 뜨고 꽃잎도 뜨고

•

초판 인쇄 / 1997년 10월 25일
초판 발행 / 1997년 10월 28일

지은이 / 안혜성
펴낸이 / 임종대 / 펴낸곳 / 미래문화사

등록 번호 / 제 3-44호 / 등록 일자 / 1976년 10월 19일
주소 / 서울시 용산구 효창동 5-421 ⓣ 140-120
전화 / 715-4507 · 713-6647 / 팩시밀리 / 713-4805

값 4,000원

ISBN 89-7299-148-1 03810